KB082343

밥꽃

※이 책은 책값의 일부를 '충남문화재단'의 지원을 받아 발간되었습니다.

사십편시선 022

류지남 시집

밥 꽃

2016년 4월 10일 제1판 제1쇄 인쇄
2018년 4월 30일 제1판 제3쇄 발행

지은이 류지남
펴낸이 강봉구

펴낸곳 작은숲출판사
등록번호 제406-2013-000081호
주소 10880 경기도 파주시 신촌로 21-30(신촌동)
전화 070-4067-8560
팩스 0505-499-8560
홈페이지 http://cafe.daum.net/littlef2010
이메일 littlef2010@daum.net

ISBN 978-89-97581-96-2 03810
값은 뒤표지에 있습니다.

밥꽃

류지남 시집

작은숲

| 시인의 말 |

엄마 아빠라는 말이 곧 밥이라는 뜻이며,
세상 인연이 다 밥줄로 이어졌다는 것을
많은 밥그릇을 비우고야 겨우 깨닫습니다.

이제껏 다행히 눈물에 밥 말아 먹어 본 적 없으나
그것이 또한 시를 끄적거리며 사는 사람에겐
참 턱없이 배고프고 슬픈 일인 줄을 압니다.

열다섯 해의 봄을 흘려보내고 차려내는 밥상인데
밥은 설고 찬은 간이 안 맞아, 낯이 뜨거워지고
종이 밥으로 스러질 나무들에게 미안할 따름입니다.

2016년 봄이 먼 봄날에 류지남

| 차례 |

4 시인의 말

제1부 뒤를 본다는 말

12 등
14 뒤를 본다는 말
16 봄 봄
18 철밥통
20 막걸리
21 마음의 무게
23 뒷간의 명상
25 처서 즈음
27 적당한 거래
29 운칠기삼 농사
31 가을은 돌아가는 달
33 집으로 가는 길

제2부 등의 내력

36 단풍(丹楓)
37 그것
39 등의 내력
43 쉬, 소리를 돌려드리다
45 사랑은 오토바이를 타고 온다
47 밥 꽃
50 밥 꽃 2
52 누나 생각
54 밥 꽃 필 무렵
55 밥에도 뿌리가
57 이명의 기원
59 가을 길의 소통법
61 한 여자가 취한 사연
65 빳빳하신 분

제3부 자음의 힘

68 아날로그 종소리
70 자음의 힘
72 등짝에 대하여

74 말하자면, 가을 동화 같은
75 이제 아이들은 더 이상
76 아름다운 발견
77 배추밭에 앉아 자퇴서를 쓰다
79 역설
81 배알도 읎지
82 아리랑의 고향
83 쌀값의 노래
85 엘리제를 위하여
86 씨앗의 꿈

제4부 거룩한 인사법

90 봄날은 간다
92 거룩한 인사법
94 유모차가 있는 풍경
96 아름다운 길
97 거미의 자세
99 길에게, 길을 묻다
101 달궁 마을에 가다
103 도촬

104 돼지감자 꽃
106 배드민턴 가방의 용도
107 한 소식
108 나무의 입
110 호모 크리넥스

112 해설 | 김상천(문예비평가) · 여기, 미시적 일상에서 빛나는 위대한 타자를 보라

제1부

뒤를 본다는 말

등

아무리 애를 써 봐도
혼자서는
끝내 닿을 수 없는 곳

슬픔은 쉬이 깃들지만
마주 대면
아랫목처럼 따뜻해지는 곳

다가올 땐 잘 모르다가도
멀어질 땐
파도처럼 들썩이는 곳

늘 어둑어둑해지기 쉬워서
오 촉 등(燈) 하나쯤
걸어 두어야 할

내 몸의 가장 깊고 어두운 곳

뒤를 본다는 말

아침밥 먹는 대로 달려가
하루치의 반성문을 쓰고 나면
꼭, 뒤를 돌아보는 버릇이 있다

물속에 가만히 웅크리고 들어앉은
나를,
물끄러미 바라보다 생각하노니

똥을 눈다거나 싼다는 말보다
뒤를 본다는 말은,
얼마나 철학적이고 고상한가

가래떡 한 줄기 쑤욱 뽑아 놓고는
고래고래 즈이 애비를 불러
달덩이 같은 엉덩이 코앞에 들이밀던

다섯 살적 아들 것 같은
황금 가래 똥 한 줄기 뽑아 놓고,
흐뭇한 눈길이 되어

나도,
환한 나의 뒤를 보고 싶다

봄 봄

'봄'이란 글자를 가만히 들여다보고 있으면, 마치 겨우내 잠들었던 '몸'에 근질근질 돋아나는 새싹 같은 두 팔 쭈욱 펴고, 한껏 기지개를 켜는 모습 같다

쉬는 시간마다 등나무 그늘 아래 붙어 앉아 마구 피어오르는 몸 어쩌지 못해 배배 꼬이던 열일곱 열여덟 두 봄이 글쎄,

선생들의 눈총일랑 휴지처럼 내던져 버리고, 교문도 나서기 전에 등나무처럼 한 덩어리로 얽힌 채 세상 속으로 성큼성큼 걸어가고 있다

내 몸이 한창 봄이었을 땐 제 몸의 봄에 겨워서, 세상 속으로 봄이 왔다 가는지 어쩌는지 까마득히 몰랐는데,

그 두 녀석 가로질러 지나간 운동장에서 축구공 따라 이

리저리 씩씩거리며 몰려다니는 저 멧돼지 같은 봄들이 오늘따라 참 이쁘다 생각이 드는,

내 늦은 봄날 하오

철밥통

한때 한솥밥 나눠 먹던 사람들이
노조 포기 각서 코앞에 들이밀며
선생이 무슨 노동자일 수 있냐며
밥줄이나 지키라 으름장 놓던 날 있다

남양분유 열 몇 통쯤인가를 사다가
방 귀퉁이에 천장 가까이 쌓아놓고는
돌아와선 안 되는 길 질끈 나서며
흐릿한 눈으로 뒤돌아보던 날 있다

걱정 많은 아이 외할아버지께 전활 걸어
당신 딸과 외손녀 굶기진 않을 테니
너무 걱정 마시라 한껏 호기로웠으나
수화기 너머론 아무 소리도 들리지 않았다

중풍으로 또 쓰러지셨다는 아, 아버지와

형이 대신 도장을 찍었다는 얘기 듣고도
부끄러운 나를 확 찢어 버리지 못한 채
밥그릇에 갇혀 끄윽 끄윽 울던 날 있다

막걸리

복숭아꽃 흐드러진 봄밤을
꽃다운 벗들과 막걸리로 지새우고
굽이굽이 산길 돌아 집으로 왔네

바다처럼 착한 벗이 안겨 준
막걸리 통 뒷자리에 쓰러져
차 혼자서 반통은 드시었네

앞 창문 뒷 창문 열어 놓고
이 봄을 다 지내었건만
저 시큼한 냄새 가실 줄 모르네

막걸리 반통이 이럴진댄
평생 술에 절은 이 내 몸은
대체 얼마나 열어 두어야 할까

마음의 무게

줄넘기 메칠 돌리고 나서
한번 달아 보고

동네 한 바퀴 몇 번 뛰고 나서
또 달아 보고

밥 한 술 질끈 덜어낸 날
조심조심 달아 보지만

저, 저울
꿈적도 않네

뛰고, 걷고, 흔들어대는 일로
어찌 손톱만큼인들 줄일 수 있으랴

집 채만한 욕심 덩어리

바위처럼 끄떡도 않는데

뒷간의 명상

나의 가장 오래 취미는 아침 먹고 바로 뒷간으로 달려가 변기 타고 앉아 책 읽는 것, 화장실에 너무 오래 앉아 있으면 변비 걸린다고 아내는 성화를 부려쌓지만 나는 비석처럼 끄떡도 하지 않고 내 전용 뒷간에 시집이며 소설이며 각종 잡지를 즐겨 쌓아 놓는데,

출근하지 않아 여유롭던 오늘 아침엔 어떤 농부 시인이 보내 준 시집을 글쎄 앉은자리에서 홀딱 다 읽어 버리고 말았는데, 아니 아무리 쉽고 재미있어도 그렇지 어찌 한 사람이 십 년 동안 절치부심 용맹정진한 시를, 그것도 명색이 시인이라는 것이 어찌 똥 한번 누는 사이에 다 읽어 버릴 수 있단 말인가 그래 조금은 미안한 마음으로 뒷간을 나오는데,

한 순간 아 그래 시를 쓰려면 바로 그이처럼 써야 되지 하는 생각이 뒤통수를 팍 때리는 것이었다 애꿎은 사람들

머리 쥐나게 하는 그런 시 말고, 제 똥이 어디로 가는지도 모르는 사이에 한 판 시원하게 읽어 내릴 수 있는, 바로 그런 시를 써야 되지 않겠는가 하는

처서 즈음

이 무더운 여름 나기가 하 고단해 자네 온다는 소식이 어찌나 반갑던지, 자네가 데리고 오는 푸른 바람이나 뭉게구름이 눈에 선하더군 그런데 말일세 자넬 생각하고 있자매 문득 자네 이름에 담긴 뜻이 궁금해지는 게 아닌가 쉰 번의 여름 고개를 넘는 동안 정말 처음있는 일이었네

그래, 다시 눈 크게 뜨고 자네 이름을 찬찬히 들여다보았지 뭔가 옥편을 찾아보니 '處' 자에 담긴 뜻이 '살다, 머물다'는 뜻 말고, ' 머물러 있으며 지킨다'는 뜻도 있더군 가만 생각해 보니 자네는 어쩌면 세간에 알려진 대로'귀뚜라미 등을 타고 오는 가을 전령'이 아니라, '매미 울음소리 가슴에 안은 여름 수호자'였더란 말이지 그런 줄도 모르고 자네 이름만 들으면 벌써 가을인 줄만 알고 팔랑거리던 내가 좀 쑥스러워지더라구

아무려나 이리저리 생각을 궁굴린 덕분에 자네 본모습

에 대해 알 수 있었음을 하마 다행으로 생각하는 바, 기왕 내친김에 생각을 좀 더 밀구 나가 보다가 '어디엔가 머문다는 것은 이제 곧 어디론가 떠날 거라'는 뜻이 될 수도 있겠구나 하는 곳까지 생각이 미치더군

그런 생각을 하다 보니 내 생의 계절도 조금 눈에 들어오더란 말이야 마음은 여전히 뜨거운 여름이고 싶으나, 어느덧 입 비뚤어진 모기가 되어 술 한잔 하자는 친구 전화나 하릴없이 기다리는 그런 한 사람이 보이더군, 그저 옛 친구들의 이름 꼬리나 붙잡고 처마 밑 풍경처럼 흔들거리는 그런 사람 말일세

아무튼 잘 가시게나 친구, 이름처럼 머무는 듯 떠나가는 자네가 섭섭지 않은 것도 아니지마는, 이제나마 철부지 노릇 덜하고 살 수 있으면 얼마나 다행인가 친구

적당한 거래

애호박 솔찬히 얻을 푸른 꿈에 젖어
후동 교사 울타리 메마른 땅을 파
호박 여나뭇 포기 심고, 씨익 웃었다
새참용 막걸리 값까지 딱 만 원 들었다

한 달쯤 지나 첫 수확을 거두던 날
제 어미의 몸에서 애호박을 떼어낼 때,
손끝으로 어떤 안간힘 같은 게 전해져
애호박과 그 어미에게 조금 미안했다

날 가물어 조루로 물 나르기에 지친 날
고무호스 한 타래 사다 물길을 댔더니
손가락 마디만한 것들 주렁주렁 달렸다
우리는 서로를 위해 애를 쓰고 있었다

다만 호박에겐 단단한 꿈이 있는 걸 안다

애호박을 내주는 사이 호시탐탐 틈을 노려
내가 잠깐 한눈을 팔거나 해찰 부리는 사이
호박은 저의 노오란 꿈을 향해 나아가리라

하지만 뭐, 애호박만으로도 나는 넉넉하기에
호박의 은폐 작전에 짐짓 까맣게 속는다 한들
나로서도 밑질 게 없는 적당한 거래였으리라

운칠기삼 농사

아내가 사장인 시골 농협 맞은편 '좋은 친구들' 호프집에서 술잔을 나르다가, 농사꾼으로 사는 어릴 적 동무들 만나서 악수하다 보면 내 손이 마치 어른 손에 붙잡힌 애덜 손마냥 오그라들어 오줌이 찔끔 마렵다 뜨듯한 바위 같은 손에 잡혀 들썩이는 나뭇잎 같은 손이 겸연쩍어 얼른 손을 빼며 인사치레로 농사 안부라도 물을라 치면

'농사가 잘 되믄 뭐허간디, 그라구 이동네 저동네 다 잘 되믄 안 되는기 농사여 워디, 먼 딴 동네에 태풍이라두 와서 확 쓸어 버리거나, 아니믄 작년 그러끼처럼 폭설이라도 덮쳐서 하우스덜이 절딴 나야 그때 재미 좀 보지, 여기 저기 다 풍년들믄 다 말짱 허당이라니께 뭐 꺼구루다가 우덜 동네 농사 망하고 다른 동네 좋아져두 할 수 읎다닝께, 속이 좀 아프긴 허더래두 우리 어려운 대신 그쪽 농사꾼덜이래두 재미 볼 수 있으믄 차라리 그게 더 낫다닝께, 그리구 당췌 그러키라도 혀야 농사꾼덜 먹구 살지 너두 나두 다

풍년들믄 다 개털되고 마는겨 이젠 농사두 고스돕 판마냥 운칠기삼이라니께'

그런데 올핸 온 나라가 날씨가 다 좋아 비닐하우스 농사로 배춧잎 만져 보기는 영 글러먹었다며 소줏잔 털어 넣으며 쓰게 웃는다 이러구러 드런 놈의 세상 이야기들 술잔 속으로 스러지고 나자, 풋고추 두어 상자는 돈을 사야 될 술값을 훌쩍 먼저 계산해 버리고는, 그 바위 같은 두툼한 손으로 내 어깨 툭툭 두드리며 나간다 흐린 등불 아래 머쓱해진 내 손과 헛헛한 가슴 덩그머니 남겨 놓고, 방방곡곡 온통 풍년이 들어서 시커먼 어둠 속으로 뚜벅뚜벅 걸어 들어 가는 것이었다

가을은 돌아가는 달

밝음 속에선
어둠의 속이 잘 안 보인다
높이 앉으면 진짜 높은 것을 볼 수 없다

세상의 허튼 소리가 귀에 꽉 차면
풀섶의 노래와
별이 보내는 편지를 읽기 어렵다

가을이 오면
툭–, 불 꺼뜨리고
한 뼘 낮은 곳으로 내려서야
비로소 저어기 환한 것들이
여릿여릿 내게로 걸어오느니

가을은 돌아가는 달,
어둠 속에 웅크린 뿌리에게로 돌아가

별을,

별 같은 나를 응시하는 달

집으로 가는 길

집에 오는 길에 개미 한 마리를 만났다
제 몸통보다도 큰 먹이를 머리에 이고
어디론가를 향해 정신없이 가고 있었다

저이의 집은 어디에 있을까 궁금해져
가만 가만 개미 뒤를 따라가 보기로 하였다
이끼 낀 오르막 길도, 가랑잎 숲길도
흙더미에 묻힌 쓰레빠짝과 돌무더기도
해병대 병사처럼 거침없이 뚫고 간다

내 발로 스무 발짝도 더 됨직한 길을
철인삼종경기 선수처럼 달리더니만
내 발걸음마저 조금 지쳐 갈 무렵
방공호처럼 생긴 굴 앞에 우뚝 멈추더니
주변을 한번 살펴보고는 이내 쑥 들어간다

휴 하고 내 입이 먼저 한숨을 내쉬었다
문득 저 개미집에도 거실도 좀 있고
푹신한 소파도 하나 있었으면 싶었다

제2부

등의 내력

단풍(丹楓)

붉은 바람 들었다 말하지 말라

씨앗 부여잡느라 초록이었을 뿐

어찌 붉은 마음조차 없었겠는가

쥐고 있던 것들 놓아 버리고 나니

이렇듯 저절로 불타오르는 것을

그것

그것은

아흔한 살 엄마 방
장판지 틈새에
납작
엎드려 있었다

어느 때는
소 발톱처럼 딱딱한
손톱 사이에도 끼었다가
당신 방 벽화의
산수유 꽃 안료가 되었다

어느 날 문득
갓난아기로 돌아간
우리 엄마

그것과 도로 가까워졌다

오랜 경계가 사라졌다

등의 내력

셋째 당숙이 손바닥만 한 나무판자 조각으로 옛날식 장판 바닥 풀칠하듯 가만가만 땅을 고르고 나자, 광목 줄 가마에 태워진 엄마의 몸이 아버지 왼쪽 편에 가만히 뉘어졌다 조금 불룩한 등 쪽이 먼저 사뿐 땅에 닿았으리라 건너편 오른쪽 자리엔 얼굴도 모르는 성님이 누워 계시니 이제사 세분이 나란히 한 방에 눕게 되셨다

스무 살 처녀가 시집오는디 왜 안 설렜겄냐 인물도 훤하다고 하고 또 공부도 많이 혀서 면서기 댕긴다니께 늬 외할매가 혹했지 뭐냐 그란디 말여 차에서 내려 동네 입구버텀 가마를 타고 와 집 바깥마당에 내려놓는디 글쎄, 한너댓 살쯤 된 지지배 하고 그보담 조금 어려보이는 머스매가 쪼란히 서서 날 빤히 쳐다보고 있지 뭐냐 워째 등쪽으루다가 쐐하고 찬바람이 지나가더라구 아차 싶었지 갑작시리 눈앞이 캄캄해지구 다리심이 쫙 풀려서 아이구 아버지 소리가 절루 나서 그 자리에 그만 푹 주저앉을 뻔한

걸 갱신히 참았어야 아니 팔자가 사나워두 유분수지 워치기 그런 일이 하필이믄 나한티 일어나는가 말여 잠깐이 백 년 천년 같더라구 당장 그 질루다가 홱 도망이래두 내뺐어야 혔는디 빙신 같이 어찌 어찌 여태까지 살았지 뭐냐 지금 생각해두 분허지만서두 그래두 워쩌겄냐 이미 엎지러진 물이구 깨진 쪽박인지 그라구 다 복없는 년 팔자소관이지 누굴 탓허겄냐 그저 이 악물고 질긴 목심 살다 보니 이러키 육십 년 세월이 흘렀어야 막내 너까지 내 배 아파서 여덟을 낳았는디 둘은 잎새두 못 피고 가버리구 비록 내 배루 낳지는 않았지만서두 늬 큰누나 큰성까지 워쨌든 여덟 자식 키우는 동안 늬 아버진 허구헌날 밖으로만 나돌고 집 일에 들일에 내 등허리가 워치기 온전할 수가 있었겄냐 그라구 너 한 열 살쯤 됐을 때였나 집 앞이 대추나무 올라갔다가 사다리가 그만 삐끗하는 바람에 뚝 떨어졌던 게, 비오는 날마두 워치기 쑤셔대던지 말두 못혀 그나저나 아무래두 내가 미쳤내벼 소주 몇 잔에 취해 이런 얘

기를 시방 막내 너헌티 빨랫줄에 똥 기저귀 널듯 주절주절 늘어놓는 게 말여

그렇게 팔남매를 키워 객지로 내보낸 자식들 집에 가시더라도 겨우 하룻밤이나 엉거주춤 주무시고 나면 아침부터 엉덩이를 들썩거리시다가 어느새 쪼르륵 당신의 오랜 둥자리로 돌아오서야 맘이 편했다 당신은 또 자식들을 품에 껴안구 자는 법두 별루 없었다 어려서 나는 눈 먼 할머니 쪼글쪼글한 젖은 자주 만지고 등도 제법 긁어 드렸지만, 참 오랜 세월 칠흑 같이 어두웠을 당신의 등 긁어 드린 기억이 별로 없다

큰형님을 시작으로 여덟 자식의 '취토요'가 끝나자 포크레인의 우왁스런 입이 와르르 당신의 몸 위로 흙을 쏟아부었다 시집간 지 십 년 동안 애가 서지 않아 어지간히 애 태우다 당신 지성으로 구절초 달여 멕여 조카를 셋이나 낳

은, 젤루 착하고 부지런했으나 오래 가난에 시달려야 했던
둘째 누나의 등이 젤루 심하게 들썩이고 있었다

쉬, 소리를 돌려드리다

치매의 돌부리에 옴팡 걸려 넘어진 당신은
반세기 넘도록 벽에 걸려 있는 사진 속 얼굴이
아니, 애를 둘씩이나 달고도 언감생심
열아홉 꽃 처녀에게 장가들었던 잘난 남편인지,
엥간히도 속 썩이던 셋째 아들인지, 영 헷갈린다

두어 시간마다 용변을 보시게 하느라
겨드랑이 사이로 손을 넣어 일으키다 보면
팔남매를 키워 낸 젖무덤이 아직도 뭉클하다
변기에 앉히고 바지와 기저귀를 벗긴 뒤,
아주 오랜 옛날 내 귓바퀴를 간질여 주었을
쉬이- 쉬이-, 소리를 귀에 불어 넣는다

이윽고 빗방울 소리, 시냇물 흐르는 소리 멎고
휴지를 쥔 내 손이 신호등에 걸린 듯 멈칫, 한다
부엌에서 밥하는 아낼 부를까 어쩔까 망설이다가

먼 산 바랭이처럼 아득한 천장이나 바라보며
어림짐작으로 질끈 뒷갈망을 끝낸다

당신은 이미 오래 전에 잃어 버렸을 쑥스러움을
아직도 편히 넘기지 못하는 내 손의 겸연쩍음과,
오래된 상처에서 흐르는 저 푸념 같은 당신의 노래
손장단 쳐가며 흔쾌히 맞장구치지 못하는 송구함을,
언덕처럼 굽은 당신 등 뒤로 슬며시 숨겨 놓는다

이제 머언 먼 어린 날의 세계로 돌아간 당신에게
아직도 어둑시니 같이 깜깜한 쉰둥이 아들은
쉰 살이 되어서 겨우, 쉬 소리나 돌려드리고 있다

사랑은 오토바이를 타고 온다

빽 빼익–, 짧은 경적 소리에 이어
팔십 시시 오토바이 지나는 소리가 들린다
필시 저 오토바이 동네 끝에서 되돌아 와
몇 분 뒤면 집 앞 은행나무 밑에 설 것이다
젊은 날 아버지 모습 사진 바로 아래
낡은 화장대에 앉아 얼굴 매만지며
오토바이의 신호 소리에 귀를 쫑긋 세우는
팔십 노인의 바쁜 손길이 문틈으로 보인다
엄마보다 두어 살 적게 드셨다는데
날마다 오토바이 뒤에 엄마를 태우고
장터 게이트볼 장에 붙어 다닌다고, 옆집 당숙은,
허 참 허 참 혀끝을 차가며 내게 일러바쳤다
나는 속으로 퍽 쟁그러운 마음이 되어
아버지가 심으신 은행나무 아래 평상에 앉아
담배 한 대 무시고 서편 하늘을 바라보시는
얼굴 빛 환한 어른께 꾸벅 인사를 올렸다

저런 고연 놈 보게 호통소리 뒤에서 들렸으나
곱게 단장한 얼굴로 현관문 나서는 엄마에게
나는 기꺼이 은밀한 공모자가 되어 드리고 싶었다
낯선 남자 등을 껴안고 오토바이를 타시는 게
조금은 쑥스러우실지도 모른다는 생각에
어르신 담배 이름이나 기억하며 얼른 돌아섰다
은행나무 둥치에 고양이 혀만 한 잎새들 돋고
자두나무 꽃 몽우리 부풀어 오르던 날이었다

밥꽃

객지에 공부하러 나가 있는 딸 데려다 주고 돌아오는 고갯길 언덕 아래, 조팝꽃들 옹기종기 모여서 밥잔치 한판 푸지게 벌이고 있데요 집사람 참 좋아하는 꽃이지 하는 생각에 꽂혀, 여보 저 조팝꽃들 좀 보아 하면서 차를 세우는데 일부러 그러는지 몰라도, 아 싸리꽃 참 이쁘네 하며 차에서 내리더라구요 그러고 보니 작년 이맘때도 저 꽃 이름 가지고 살짝 티격태격했던 기억이 나는데요 싸리꽃은 가을 산에 보랏빛으로 피는 꽃이라고 아무리 얘기해도, 자기네는 어려서부터 싸리꽃이라 불렀다나 어쨌다나 하면서 자꾸 우기지 뭐예요 집사람 고향이나 제 고향이나 거기가 거기고 엎어지면 배꼽 닿는 곳인데 말이에요

그래 오늘도 딱 좁쌀만큼 속이 좁아져 뭐라고 한마디 할까 어쩔까 망설이다가, 에이 까짓거 조팝꽃이면 어떻고 싸리꽃이면 또 어때 하는 마음으로 꽃들에게 다가갔는데요, 문득 저 싸리꽃이라는 이름 안에 숨어 있던 '쌀알'들이 반

짝 하고 달려들더라구요 아, 그래 바로 이거였구나 '싸리꽃'의 싸리란 빗자루 만드는 싸리나무가 아니라, 쌀 알 같은 것들 당알당알 매달고 있는 모습을 말하는 거였구나 하는 생각 말이에요 그러고 보니 어쩌면 조팝꽃보다 싸리꽃이란 이름이 더 잘 어울릴 수도 있더라구요 그래서 저두 슬쩍 '싸리꽃' 하고 다정하게 한번 불러 주었어요

이러구러 알싸한 꽃향기 더불어 언덕길 되짚어 올라오며 조팝꽃이니 이팝꽃이니 쌀꽃(싸리꽃)이니 해가며 꽃을 꽃으로 못 보고 밥과 쌀로 보며 눈물 떨궈야 했던, 옛 사람들의 캄캄한 마음에 대해 생각해 보았어요 길고 긴 보릿고개 언덕배기마다 밥알처럼 쌀처럼 환하게 피어나 등 굽은 사람들 환장하게 했을 저 꽃들은 또 얼마나 힘들었을지 말이에요 이젠 밥이 더 이상 아무 것도 아닌 것처럼 돼버린 세상이라서, 하얀 꽃마다 밥을 갖다 붙이던 사람들 시린 마음 헤아리기가 어렵지만, 밥이 홀대 받는 세상이 괜시리

서럽고 밥과 쌀에게 미안해지는 마음뿐인데요

그래서 이런 엉뚱한 생각 한번 해 보았지요 저 옛날엔 밥과 쌀이 참 귀해서 꽃을 밥으로 보고 꽃 앞에 밥을 놓았다면, 이젠 밥이라는 이름자 옆에 꽃 한 송이 살짝 얹어 놓고 '밥 꽃' 이렇게 한번 불러 보자고 말이에요 예쁜 밥그릇에 소복하게 담긴 밥을 보면 꼭 꽃송이 같지 않던가요 밥이 꽃처럼 대접 받는 세상이 다시 올 날이 있겠습니까만 뭐 어때요 우리들이라도 세상 제일 이쁜 꽃이 바로 너 밥이야 라고 자꾸 우겨 보는 거지요 솔직히 아무리 꽃이 좋다한들 어디 밥만 할라구요 그러니 다들 눈 꼭 감고 못이기는 척 사랑스럽게 한번 불러들 보자구요

밥 꽃! 이렇게 말이에요

밥 꽃 2

그다지 배가 고픈 것도 아니었는데
마당가 하얗게 솟아오른 목련꽃봉오리가
꼭 하얀 밥사발처럼 보이던 날이 있다

와룡고개 살던 가난한 재빼기 이 서방
일하러 오시면 마루에서 뚝딱 해치우시던
목련꽃마냥 불쑥 솟아올랐던 그 고봉밥

엄마란 말은 곧 밥의 다른 말이며
아버지라는 말도 가만 가만 파 보면
그 뿌리가 밥에 닿아 있다는 걸 안 후

아빠, 아빠, 하고 숨 넘어 가듯 달려와
등 뒤에서 즈이 애비를 찾는 소리가 꼭
아, 밥, 바압, 하고 부르는 것처럼 들리던

그런 어처구니없는 날이 있다
등 한 복판에서, 커다란 밥 꽃 한 송이가
불꽃처럼 화악 피어나던

누나 생각

해 저무는 줄 모르고
동무들과 뛰어놀다

지청구 걱정하며
터벅터벅 집 오는 길

어둑어둑 하늘가로
저녁연기 피어날 때

먼 곳으로 시집가신
누나 얼굴 생각나네

달 같던 우리 누나
소 같던 우리 누나

막내둥이 업어 키운

등이 슬픈 우리 누나

밥 꽃 필 무렵

세상에서 제일 따뜻한 말은
'밥 먹자'
엄마가 부르는 말

한 이틀 토라졌다 풀린
아내의 꽃 같은 말
'밥 드시우'

객지에 떨어져 홀로 사는
큰딸에게 보내는 카톡 문자
'밥 잘 챙겨 먹거라 이'

주말 저녁 해거름에 걸려 오는
전화기 너머 강물 같은 목소리
'저녁에 소주 한잔 어떠?'

밥에도 뿌리가

있다

세월이 앗아간 쓰디쓴 입맛으로 하여
엄마와 아내가 겨울나무처럼 마주 섰을 때
나의 뿌리는 아내 쪽으로 조금 기울고 있었다

식탐 많은 아들 고기 반찬 뺏어 먹다가
아내 지청구 들으며 등골 서늘하게 확인한다
아내의 뿌리가 어느 쪽으로 뻗어 나갔는지

어려서 참나무 같았던 아버지와 밥 먹을 때
밥알 흘린다고 지청구 듣던 아들 바라보며
내 엄마의 뿌리도 뻐근하게 멍이 들었으리라

사주명리학 책을 읽다가 문득 깨닫느니
원래 남편은 아내를 마음의 밥으로 삼고

어미는 자식에 밥의 뿌리를 두는 법이란다

밥의 뿌리에 관한 오랜 내력을 생각하자매
엄마로 하여 오랫동안 짓누르던 바위 덩어리가
조금은 가벼워질 것 같은 생각이 뿌리를 내렸다

이명의 기원

언제부턴가 귀 속에 웅웅 하고 우는 새 한 마리 산다 딴 생각에 골똘해지면 뚝 그쳤다가 어느 순간 가만히 나를 들여다보기라도 할라치면 여지없이 다시 윙윙거리는 저 벌레우는 소리를 처음 들은 건 열여섯 살, 아버지와 처음으로 단둘이 자던 밤이었다 쉰에 막내를 보신 아버지의 나이 일흔 다섯이었다 도회지 고등학교 입학시험 보기 전날 밤, 역전 여인숙은 아버지 얼굴처럼 낡고 침침했다 복도 마룻장은 사람들 지날 때마다 삐걱 삐걱 울었다 손때와 낙서 가득한 벽에 기대어 책을 펴긴 하였으나 활자들은 덫에 갇힌 쥐처럼 부산스러웠고 저녁 때 먹은 자장면은 자꾸 부풀어 올랐다 일찍 자라는 말씀에 예하고 자리에 누웠으나 베니어판 장지문 뚫고 건너오는 젊은 남녀의 소근거리는 소리, 거친 파도 소리 들으며 하필 이런 곳에 방을 얻었는지 하는 원망과 허벅지 안쪽으로 스멀스멀 기어오르는 벌레의 야릇함이 담쟁이 넝쿨처럼 몸을 번갈아가며 휘감았다 눈 감고 계신 아버지가 행여 민망스러우실까 몸을 돌려 잠

든 척하였으나 밤은 쉬이 깊어지지 않은 채 말똥거렸고 어
디서 날아왔는지 알 수 없는 새 한 마리 귓속에 파고 들어
와 삐걱거리며 울어 대기 시작했다

가을 길의 소통법

한창 봄인 고등학생 아들과
가을 끄트머리쯤 걸려 있는 아버지가
함께 학교로 가는 시월의 아침

속치마처럼 살랑거리는 안개 사이로
첫사랑 같은 아슴프레한 풍경들이
가슴에 닿을 듯 마구 달려든다

불끈, 아들 녀석과 맞닿고 싶은 마음에
얘 풍경 참 근사하지, 하고 돌아보는데
녀석은 핸드폰과 열애에 빠져 있다

콧노래라도 부르고 싶던 마음이
된서리 맞은 호박잎처럼 시무룩해져
먹먹하게 앞이나 보며 달리는데

고갯마루 터널 막 나올 참이었나
고라니처럼 툭 튀어나오는 말
가을 풍경 참 섹시하네요, 아버지

헉-, 그 말 한 마디에 난 그만
안개꽃 일렁이는 가을 바다 속으로
풍덩 빠지고 말았던 것이다

한 여자가 취한 사연

스물 셋 갓 피어난 백련꽃송이보다 더 이쁘다고 입에 침이 마르던 딸내미 추적추적 봄비 내리던 날 가슴에 묻고 까맣게 울다가 아프리카 검은 땅으로 날아가 눈물 같은 샘물 파다 돌아온 어릴 적 동무하고, 한세월 고생국만 끓이게 했던 아내 한 오 년 병수발 끝에 눈보라 치던 날 고향땅 산고랑에 뉘여 놓고 남겨진 남매마저 이국땅 아이들 이모 무릎 밑으로 공부 떠나보내 문득 총각 신세 비슷해져 버린 산고랑 친구와, 애틋한 첫사랑 비바람 불던 날 찻길에 묻어버리고선 바람처럼 이웃나라로 날아가 한 십 년 떠돌아다니다 돌아와 팔순 홀 엄니 치맛자락에나 붙어 밥 축내고 있는 불알친구까지, 말하자믄 거시기 두 쪽만 덜렁거리는 글로벌한 옛 총각 동무들이 어찌어찌하다 우리 집 김장하는 날 우루루 허허 몰려 앉게 되었는디 말여

사연인즉슨 자네도 잘 알다시피 우리 부부가 초등핵교 동창 커플인데다 한 이십 년 고향 산자락에 들러붙어 사는 바람에, 고향 그리워 찾아오는 수뻐꾸기 같은 친구들 잠시

머물다 가는 정거장 노릇 깨나 해 온 까닭 아니겠는가, 사연이야 어찌 되었든지 간에 좌우지간 그 시커먼 놈들, 난장 같은 거실 바닥 빈자리에 꾸역꾸역 궁딩이 들이밀더니만 김장 속 넣기 바쁜 것은 아무런 상관없이 얼씨구나 좋구나 지화자 조오타 노오란 배추 겉절이에 김 모락모락 피어나는 돼지 수육 척척 얹어 가며 한잔의 추억을 마시기에 여념이 없는 것까지야 누가 뭐라 하겠는가

다만 갑작스레 귀하신 몸이 돼 버린 한 여자, 아니 어쩌면 자기 얼굴은 세월가는 줄도 모르냐며 이 눔이 한잔, 저 눔이 한잔 돌려가며 경쟁적으루다가 손 잡아끌며 권하는 수작질에 넙죽넙죽 잘도 받아넘기는 이 여잔 또 뭣이랑가 처음엔 좀 빼는 시늉이라도 하더니만, 시나브로 양념 묻힌 배추보다도 더 바알갛게 익어 가던 여자, 거실 창밖으로 휘익 휘이익 휘파람새는 구슬피 우는데 성긴 눈발들 휘날리는 낭만적 풍경 탓이었을까, 아무튼 어느 순간부턴가 발동 제대루 걸려 버렸는지, 총각으로 되돌아간 동무들

의 흐뭇한 눈길에 홈빡 취했는지, 동구 밖 과수원 길 어쩌구 노래까지 흥얼대가며 혀 꼬부라진 말 타고 두둥실 한없이 떠오르더니만, 어느 한순간, 끈 떨어진 가오리연이 되고 말았다니께 글쎄

허 참, 딱 석 잔이면 다리심 홱 풀려 버리는 사람이, 까만 숯덩이 하나씩 가슴에 안고 사는 벗들의 뭉그러진 마음 받아주려 애쓰는 저 너른 품새를 보는 동안, 어째 나만 좀 손해 보는 것 같은 째째한 맘이 아주 안 드는 것도 아니더라구, 그래도 얼기설기 지은 까치둥지 같은 우리 울타리 찾아 든 저 옛날식 상처들에게 빨간약이라도 슬쩍 발라 주고 싶었을지도 모를 기특헌 마음에 내 어찌 한 뼘이라두 강짜를 부릴 수 있었겠는가. 그저 모처럼만에 인사불성이 된 여자 번쩍 안아다가 흐뭇허게 뉘일 밖에

시방 뭔 얘길 그렇게 주절거리냐구? 이, 평소 얌전하기 그지없는 내 마누라가 어찌어찌하여 황홀하게 한번 망가졌다는, 뭐 간장 몇 숟가락 쳐야 되는 그런 싱거운 얘기 한

자락 안주 삼아 풀어 본겨, 그려 얘기자 좀 질었지? 미안혀,
어여 한잔 쭈욱 들어

빳빳하신 분

사는 일 문득 시들해지는 날엔
밭둑에 나가 호박 줄기를 볼 일이다

새끼들 주렁주렁 옆구리에 매단 채
뱀 대가리 마냥 고개를 번쩍 들고

논으로 밭으로 산으로 부엌으로
산처럼 파도처럼 강물처럼 나아가던

세상에 아무 것도 두려울 것 없는
쉰다섯 살 엄마의 팔뚝 같은

저 빳빳한 마음을 만져 볼 일이다

제3부

자음의 힘

아날로그 종소리

교무실 뒤쪽 후동 가는 처마 밑에
한 쉰 살쯤 돼 보이는 종 하나
자울자울 졸며 매달려 있다

아이들 다 돌아간 가을날 주말 오후
문득 정겨웠던 옛날 종소리 그리워져
혼자서 사알짝 줄을 당겨 본다

시작종은 세 번씩 빠르게 세 번,
끝종은 조금 느리게 두 번씩이었던가
꿈틀거리며 소리가 뛰쳐나올 것 같다

지금도 옛날식 종을 쳐 가며
아이들 가슴 울리는 학교가 있을까만
소녀의 기도나 엘리제를 위하여 같은,
부드럽게 귀 간지르는 그런 소리 말고

자연산 아날로그의 싱싱한 소리가 듣고 싶다

그런 푸른 종소리 데리고 교실 들어가면
졸던 아이들도 참 싱그러워질 것 같다

자음의 힘

세상에서 가장 배우기 쉽고 아름답다는
한글의 자음과 모음을 배우는 시간,
모음은, 마치 홀몸으로도 잘 사는 엄마처럼
혼자서도 소리가 잘 나서, '홀소리'라 하고,
자음은, 엄마 없으면 못사는 어린애 같아
혼자선 소리를 못 내고 어미 소리에 닿아야만
소리를 낼 수 있기에, '닿소리'라 한단다
목청 한껏 돋우며, 신나게 설명을 해대는데
어느 결엔가 슬쩍 고개 돌리는 아이가 보였다
얼마 전, 급작스레 엄마를 여읜 아이였다
미닫이문을 닫으며 교실을 나서는, 참
생각 없는 국어 선생의 등줄기가 서늘했다
며칠 동안 아이 얼굴과 자음이 겹쳐 밟혔다
꽃, 별, 산들바람, 엄마, 사랑, 소나기, 메밀꽃
이런 말들이 왜 아름다운지
물, 불, 풀의 차이는 어디에서 오는가

어느 순간, 머릿속에 반짝 별이 떴다
그래, 저 말들이 빛나는 건 모음 때문이 아니라
그 앞에 가만히 소리 없이 웅크리고 있던,
자음들 때문이었구나, 이와 입천장에 부딪혀
여기저기 상처난 소리들 때문이었구나
ㄲ, ㅊ/ ㅂ, ㄹ/ ㄱ, ㅁ/ ㅎ, ㄴ
이런 소리들이 서로를 밀고 끌어가는 동안
꽃이 피고, 바람이 불고, 강물이 흘렀구나
내 다음 시간엔 교실 문 다시 열고 들어가
자음의 아름다운 힘에 대해 말해 주리라
혼자서는 제 소리 내지 못하고 주눅 든,
조금 모자란 듯한 것들이 모여 살아가며
서로를 부추키는 세상의 아름다움에 대하여,
작고 못나고 여린 것들의 힘에 대하여

등짝에 대하여

수업 중 딴전 피우거나
책상에 엎어진 녀석들에게
슬금슬금 다가가
등에 불이 나도록
냅새 후려 팬 날 있다

손바닥 얼얼했으나
이것도 사랑이라고 주문을 걸며
아무렇지도 않은 척
창 밖 먼 산을 속이려 했다

어디 만만한 사람 없나
눈치만 살피다가
끝내 등 밀어달란 말 못 꺼내고
쓸쓸한 등짝 다시 짊어진 채
홀로 나오는 목욕탕

이제부턴

아이들의 상처 난 날갯죽지

함부로 후려 꺾지 않으리라

말하자면, 가을 동화 같은

신발 벗어 손에 들랴
호랑이 학년부장 호통 피하랴
등교 시간 뒷동 현관은
장날처럼 정신 하나 없는데

아이들 책가방에 얹혀서
멋모르고 따라왔던 아침 햇살이
고요 속으로 사라져 버린
동무들 찾아 두리번거리다가

강화 유리문 안쪽
발자국 위에 피어난 무지개를
그게 제 그림자인줄도 모르고
황홀한 듯 바라보고 서 있다

이제 아이들은 더 이상

야외수업 하자고 조르지 않지
꽃잔디 까르르 자지러지고
영산홍 3 · 1 만세운동하듯 피어나도

뭐 그저 시큰둥할 뿐이지
등나무 그늘 아래로
고봉밥 같은 꽃들 그득 쌓여도

하나도 아까운 줄 모르지
지각생 벌금에, 담임 찬조금 보태
삼겹살 잔치라도 한판 벌여야

와— , 하고 겨우 무너지는 척하지
파도처럼 봄이 마구 들이닥쳐도
학교는 바위처럼 끄덕도 없지

아름다운 발견

호모 사피엔스니, 호모 로쿠엔스니 해가며 잘난 인간의 말과 역사에 대해 침 튀기며 수업을 하다가, 문득 사람만이 가진 못된 점들을 한번 찾아보자고 하자, 아이들의 귀가 쫑긋 선다

그러자 사람만이 자기 종족을 죽인다거니, 사람만이 징글징글한 학교를 다닌다거니, 사람만이 담배를 피운다거니 하는, 그저 그렇고 그런 대답들 끝에,

때마침 큰 거 보러 화장실에 갔다 온 남수 왈, '선생님, 에, 저기요, 사람만이 화장지로 똥꼬를 닦아요' 하는 것이 아닌가

그 순간, 교실이 화장지처럼 환하게 뒤집어졌다

배추밭에 앉아 자퇴서를 쓰다

너는 그게 아니었는지 모르지만
네 자퇴서가 든 봉투는 그렇게
툭, 하고 책상에 떨어졌다
새벽 어스름, 텃밭에 쪼그리고 앉아
벌레 자국 숭숭 난 배추들이 안쓰러워
때 늦은 사랑이라도 한 술 베푸는 척
배추 잎들을 가만 가만 헤집어 보다가
문득 자퇴서 내던지고 간 너를 생각한다
배추들이 벌레들 견디며 방 하나씩 키우듯
네 속에도 깊은 우물 하나 자라고 있었을까
시키지 않아도 친구들 우유도 가져오고
회계도 자청해 학급 살림 꼼꼼히 챙기던
참 해사하니 계집애처럼 얼굴이 이쁘던
엄마 없이도 어찌 저리 기득하게 자랐는지
정말 채송화씨만큼도 걱정을 안 했건만
이제 더 이상 이렇게 살고 싶지 않다며

그간 잘 살펴주서서 조금은 고마웠다며
꾸벅하고 휑하니 세상으로 나가는 너를
그저 멍하니 허공에 헛손질만 해대다가
잘 살어야 한다구, 그것도 인사라고 건네던
네 마음 밭에 밤이 어떻게 내리는지도 모르며
그저 야간자습이나 꼬박꼬박 열심히 해대던,
참 엉터리 선생을 자퇴시키는 것이다

역설

젖소 새끼는
낳은 지 채 십 분도 안 돼
제 어미와 떨어진다

명색이 젖소인데
어미 젖 한 번 못 빨아 보고
생이별을 한다

사람이 손으로 짜낸
제 엄마 젖을
인공 젖꼭지로 빨아먹으며

우유통을
제 어미젖인 줄로 알고
자꾸만 헤딩을 해댄다

그런 모습을

저만치서 어미 젖소가

그렁그렁한 눈으로 바라보고 있다

배알도 읎지

우린 참
속두 읎지

빤쓰라니,
메리야쓰라니,
브라자라니

제 나라 말로
속살 하나
가리지 못하고서

쪽팔린 줄도 모르고
이리 씰룩
저리 쌜룩

참, 속두 좋지

아리랑의 고향

세상에서 가장 아름답다는
아리랑 노래의 고향이 어딘지
수백 개의 학설이 있다지만

아리랑은,
그냥, 아리다는 말이다
사랑하는 사람 날 버리고 가니
아리-다, 쓰리-다 우는 말이다

진도고 밀양이고 정선이고 죄다
아리고 쓰린 마음 고이 접어
노래의 강물에 띄워 보내는 것이다

님 떠나 버린 아리랑 고갯마루
눈물 바람으로 퍼질러 앉아
아리당, 쓰리당 달래 보는 것이다

쌀값의 노래

쌀 한 가마는 열 말
쌀 한 말은 열 되,
쌀 한 되는 열 홉
쌀 한 홉은 소주 반 병
밥솥 계량컵으로 한 컵

쌀 한 가마 십이만 원
쌀 한 말은 만이천 원
쌀 한 되는 천이백 원
쌀 한 홉은 백이십 원

그리하여 밥 한 그릇 값은
길에 떨어져도 잘 안 줍는
달랑 백 원짜리 하나

태극기가 바람에 펄럭이는

쌀값이 똥값이라서 좋은

우리나라, 좋은 나라

엘리제를 위하여

난초꽃 지천이었을
난곡동 언덕배기

가로등 보름달처럼
고즈넉한 새벽녘

꽃밭에 다가가듯
첫사랑 찾아가듯

발걸음도 조심조심
뒷걸음으로 다가가며

청소차가 부르는
뜨거운 새벽 송

씨앗의 꿈

학교 울타리 옆 은행나무는
가을 내내 왁자지껄 두리둥실
볍씨 도둑들의 소굴이 되었다

수백 마리 참새들 떼거지로 몰려 와
논바닥을 아예 놀이터 삼더니만
논 가장자리 겸손했던 벼 모가지들
미군 모가지처럼 빳빳하게 세워 놓았다

아니 저런 고얀 놈들 보게나
애꿎은 은행나무에 대고 호통을 치며
논 주인 대신 훠이 훠이 쫓아 보지만
허튼 수작임을 참새들 이미 훤히 꿰고 있다

그러다 문득 새처럼 날아드는 생각 하나,
어쩌면 애초에 저 볍씨들의 야무진 꿈은

밥이 되어 사람 입에 드는 아니라
새들의 입을 거쳐 다시 사는 것 아니었을까

무릇 저 산과 들의 모든 알곡들은
본시 새와 바람의 것이었을지 모른다는
그걸 사람이 다 가로채 먹으면서
마치 제 것인 냥 착각하고 있다는

제4부

거룩한 인사법

봄날은 간다

정산 장날 점심 무렵 중국성 반점
생의 계급장일랑 벌써 떼어버리고
그 나물에 그 밥처럼 편해진 으르신들,
애덜 마냥 오그르르 둘러 앉아
짬뽕 국물로 해장술 드신다

지난 밤, 동무들 출석부에서
이빨 하나 또 쑥 빠져나갔는지
욘석아, 다음엔 늬 놈 차례여
저런, 늬 녀석 달구질은 내 몫이여
삿대질까지 섞어가며
툭툭 던지는 농담이 고숩다

이젠 한입에 탁 털어지지 않는지
소줏잔 자꾸만 들었다 놨다 하는 소리,
가끔씩 수저 떨어뜨리는 소리,

낄낄 끌끌거리는 웃음 사이로

이눔아 저눔아,
황홀한 욕들이 툭 툭 피어나는

거룩한 인사법

온 마을이 다 배고팠던 그 시절엔
길 가다 동네 으르신들 만날 때마다
바지 재봉 선에 양손 곱게 붙이고 서서
진지잡수셨슈우– 하고 인사를 했다

끼니때랑은 아무 상관도 없이, 거기에 또
얼마나 깊은 어둠이 깃들어있는 줄도 모른 채
너 참 인사성 밝구나 하는 칭찬을
밥보다도 맛있게 넙죽넙죽 받아먹었다

아침부터 아궁이가 캄캄한 집이 수두룩해
목에 가시처럼 박혔을지도 모를 그런 인사를
얼굴 볼 때마다 진지하게 묻고 또 물으며,
끼니를 걱정해 주던 마을은 얼마나 따수운가

이제 밥이 흘러넘치고 배 터져 죽는 세상인데,

북쪽 마을엔 올해도 또 뱃가죽 등에 달라붙고
똥구멍이 찢어질 아이들이 넘쳐난다는 얘기를,
마치 설악산 첫눈 소식이나 전하듯 하고 있는

저 교양 있고 싸가지 없는 아침 뉴스를 보다가
만날 때마다 시도 때도 없이 밥의 안부를 묻던
촌스럽고 무식하고 어처구니없을지라도, 저
별처럼 따뜻했던 인사법을 떠올려 보는 것이다

유모차가 있는 풍경

마을 경로당으로 올라가는
야트막한 코스모스 길로
유모차 세 대가
뒤뚱뒤뚱 오리 떼처럼
나란히 줄지어 오르고 있다

말바위, 용강, 새우재
저니들 구부러진 등 쪽으로
한평생 지고 살아 온 마을들이
구불구불 길게 이어져 있다

아기 울음소리 대신
꾸욱 꾸욱 고라니 울음소리나 싣고
삐그덕 찌그덕 언덕길 오르는

옛날 어미들의 무덤 같은 등허리를

아기 얼굴처럼 맑은 가을아침 햇살이
가만가만 쓰다듬어 주고 있다

아름다운 길

청양 도림사지에서 칠갑산 장곡사 쪽으로
고개 너머 몇 구비 돌아가는 시오리 길엔
'한국의 아름다운 길'이라는 푯말 붙어 있다

가끔씩 먼 곳에서 그리운 벗들 찾아오면
장곡사 주차장 언저리, 산채나물 비빔밥에
좁쌀 동동주 참 맛나게 찾아 나서는 길엔

지붕 낮은 집들 다소곳이 눈썹 맞추며
도란도란 시냇물소리나 간간히 들려줄 뿐,
딱히 아름다운 풍경도 절경도 없는데

저 소박한 길에 아름다운 이름이 붙은 건
구불구불 물레방아 도는 그길, 오며 가며
아름다운 게 뭔지 배워 가라는 뜻이거니

거미의 자세

왜 거미들은 허구헌날 거꾸로 매달려
오체투지하고 있는 건지 궁금해 하다가
전쟁통에 강원도 비탈 밭에서 흘러와
평생 호미질에 허리가 호미가 되어 버린
남용이 할머니 밭일 하는 거 보고
그 이유를 다소 짐작하게 되었다
고개 넘어 시집 온지 40년도 더 됐으나
아직도 씩씩하기 짝이 없는 며느리가
이제 밭일 좀 제발 그만하시라고
시어미 꽁무니다 대고 성화를 부려 대지만
이마에 밭고랑 깊게 패인 저 거미 할미
콩밭이구 마늘밭이구 고추밭이구 간에
풀 하나 없이 말끔히 먹어치우고 만다
저 집 밭농사가 동네 으뜸인 까닭은
부지런한 큰아들 내외 덕도 있으려니와
엉덩이는 늘 하늘 쪽으로 치켜든 채

땅을 하늘처럼 섬긴 저 거미 때문이다

길에게, 길을 묻다

– 산 쪽 오솔길로 떠나간 벗에게

마당가 감나무 잎 툭툭 지던 날
마을과 집 쪽으로 난 길 버리고
산 쪽 오솔길로 훌훌 떠나간 벗이여

길은 과연 무엇인가 생각하다가
수만 그릇의 밥이 지나가며 생긴
내 몸에 난 길 망연히 바라보네

쉰 넘으면 출가가 당연한 나라도 있다지만
이제 머잖은 날 저 석양 몸에 깃들면
자네가 걸을 고즈넉한 오르막길도,

울타리 안쪽에서 여전히 머뭇거리며
소꿉놀이 같은 살림에 묻힌 나의 길도
시나브로 어둠에 잠겨 가리

벗이며, 그대 애써 걸어가려는 길이
종내는 마을로 되돌아와야 하는 것임을
자네가 하마 모를 리야 없겠지만,

쌀밥 같은 눈 소복이 내리는 날
싸리비 자국 곱게 난 집 지나게 되거들랑
곡차 한잔 하시러 꼭 들르시게나

달궁 마을에 가다

문득 마음이 헛헛해지거나 등이 시려워져
깊은 산 옹달샘 같은 가슴 그리워진 날엔
엄마 치마 속 같은, 지리산 달궁 마을에 가서
한 사날 푸근히 안겨 이냥 쉬어도 좋으리

산고랑 개울물 소리로 귓바퀴도 좀 씻고
엄마 품 같은 허름한 마당가에 둘러앉아
한 오십 년쯤 누르익은 이야기 나누노라면
서느런 눈매에 느꺼운 이슬도 맺히리

눈 크다란 주막집 아낙의 순한 웃음과
군고구마 같은 구수한 얼굴들 어우러져
두둥실 저 머언 나라로 흘러가는 동안
세상 쪽으로 난 길쯤이야 잊어도 좋으리

노래와 춤에 지쳐 코도 좀 골며 잠들었다가

산새 소리에 깨어 얼음 같은 물로 눈 씻고서
이마에 손 얹고 반야봉 올려다보노라면
열세 살 해맑은 달이 빙긋 웃어 반기리

도촬

도시 변두리 노래방
손수건만한 뒷간에서
수그리고 오줌 누는데

창 그림자 설핏 설핏
누군간 자꾸 들여다 보길래
조심조심 고개 내밀어보니

허 참, 세상에나
감옥처럼 꽉 막힌
꼭 손수건만한 땅에

키빼기만 큰 앵두나무 한 녀석
빠알간 디지탈 카메라 들고 서서
뒷간 속을 마구 찍어대고 있었다

돼지감자 꽃

소쩍새 소리도 뻐꾸기 소리도 가끔씩 내려오고, 고라니 새벽녘 휘파람 불며 가끔 내려오기도 하는 집 뒤곁 늙고 오래 된 장독대 옆

풋고추용 고추 몇 포기와 그 옆에 또 방울토마토 몇 그루, 그리고 가지 몇 포기 살림 차리고 있어 온가족 푸성귀 호사를 누렸는데

한 여름 다 가고 추석 지나도록 뭐 하나 소용될 것도 없이, 그저 장승처럼 키빼기만 잔뜩 키우는 저 녀석들 대체 뭐가 될라고 저러나 싶었는데

토마토도, 고추도, 가지도 다 시들부들 서리 맞아 스러져갈 무렵, 별 밝은 늦가을 밤에 별무더기 같은 노란 꽃들 언덕 가득 피워 놓고는

꿀꿀꿀꿀 꿀꿀꿀 아주 살판이 났던 것이다

배드민턴 가방의 용도

꼭 어린 쥐새끼만 하던, 인물도 하두 못나 못난이라 이름 붙였던, 귀이개 용 솜방망이 가지고 신나게 놀던 얼룩 고양이가

어느 날부턴가 배가 봉긋해지더니만, 기온 뚝 떨어진 날부터 종적이 묘해져 여기기저 한참을 두고 찾아다녔는데,

창고 선반 위, 오 년도 더 넘게 먼지만 잔뜩 뒤집어 쓴 채 마늘밭 빈 바람소리나 가득 뱃속에 담고 창고 선반 위에서 졸고 있었던

해 묵은 배드민턴 가방 안에다가, 글쎄

노오란 달덩이 다섯을 떡하니 낳아 놓았더라니께

한 소식

마당가
옛집 추녀 끝
풍경 소리 아래

한 세월
바람이나 키우시던
돌절구 보살님

눈꽃 공양만 드시며
동안거 내내
묵언수행 하시더니

해제 날 아침
마침내
쩌억 갈라지셨다

나무의 입

나무를 바라보다 보면
저 수만의 잎들이
꼭 나무의 입 같다

봄날엔
제비새끼마냥
오물조물 봄 햇살 받아먹고

여름날엔
이웃집 마실 가서 수다 떠는
엄마들의 입이었다가

가을날엔
마지막 물꼬를 보고 돌아와
쌀값 걱정에 한숨 쉬는
아버지들의 입이 되느니

겨울나무가
눈길 걷는 수도승처럼 보이는 것은
겨우내 묵언수행을 하기 때문이다

호모 크리넥스

소가 꼬리를 하늘로 한껏 치켜든다
이제 곧 한판 싸겠다는 신호다

서서히 뒤쪽 조리개가 부풀어 오르더니
쟁깃날에 뒤집힌 검은 논흙 같은 것이
푸지게 세상 안으로 쏟아져 들어온다

두어 번 뒤를 꼼지락 꼼지락거려
마지막 한 방울을 똥, 하고 떨구어 내고는
조리개가 다시 꼬옥 닫힌다
찰칵 하는 소리가 들릴 것 같다

진화인지 퇴보인지 거듭해 오는 동안
인간의 조리개는 이제 작동을 멈추었다
대신 두루마리 화장지로 마무리하거나
소형 분수로 거룩한 세례식을 거행한다

이름하여 고상하고 우아한 신인류,
호모 크리넥스가 탄생한 것이다

| 해설 |

여기, 미시적 일상에서 빛나는 위대한 타자를 보라

김상천(문예비평가)

시 이해의 기초문제

"야, 이 빵꾸똥꾸야!"

이 말은 현재 유통불허된 언어다. 한때 텔레비전 어린이 프로에 나왔다가 대중들에게 아낌없는 사랑을 받아 화제가 되었던, 유쾌하고 통쾌하기 그지없는 '정서적' 언어였지만 사어(死語)의 목록에 들어 있는 시대의 금기어다.

언어에도 위계(hierarchy)가 있다는 것은 잘 알려진 사실이다. 언어는 단순하게 의사를 소통하는 도구만이 아니라 그 언어를 사용하는 사람들의 태도, 취향(taste)을 나타낸다. 다시 말해 언어는 일종의 세계관을 드러내는 표지이자 이데올로기적 상징을 지닌 기호다. 이런 관점에서 볼 때, 우리가 어떤 언어를 가지고 의사소통을 하고 사회생활을 하고, 나아가 글을 써서 살아간다는 것은 매우 조심스럽고 신중한(deliberate) 일임을 생각하게 한다. 특히 시인은 전통적으로 언어의 사제로서, 언어 고유의 법칙과 모럴에 부합해야 하는 일이 자신의 소명임을 깨달은 사람들임을 알게 한다. 여러 가지를 종합해 볼 때, 시는 교양 계급의 언어였다. '교양'이 라틴어 쿨트라(cultura, '농사짓다')에서 파생한 말이고 보면, 이런 사실은 시어가 그만큼 감정의 조절과 관련되어 있음을 암시한다. 감정의 조절은 대상에 대한 중립적(neutral) 태도를 말한다. 생각함에 삿됨이 없다는, 이것이 곧 시라는 공자의 '사무사(思無邪)'를 생각해 보자. 즉 시어는 자연 상태 그대로의, 즉각적인 감정의 배설에 있는 것이 아니라 감정의 절제를 통한 시적 교양이라는 사회의 이상에 도달하는 것을 그 존재 의의로 삼는 사회적 형식이자 제도였다고 볼 수 있다.

시가 전통적으로 교양계급의 언어였다는 사실은 무얼 말하는가. 이는 곧 시어가 개인보다는 집단, 나 보다는 너, 즉 주체보다는 객체에 더 관심을 두고 이를 형식화했음을, 따라서 시어는 '묘사(描寫)'와 '비유(比喩)'가 중요한 사회적 형식임을 암시한다.

월백 설백 천지백 月白 雪白 天地白

산심 수심 객수심 山深 水深 客愁深

- 김삿갓 한시

이 짧은 시에서 우리가 확인하게 되는 것도 마찬가지다. 여기서 '월백 설백 천지백'은 전체 구도상 객체에 해당한다. '산심 수심 객수심'은 주체의 수동적 반응이다. 다시 말해 전통적으로 그것이 한시이든, 시조이든, 서사시든, 극시든 시의 기본은 대부분 사물에 대한 수동적 반응을 기본 구도로 한다고 볼 수 있다. 이는 매우 기본적이고 보편적인 형식이라고 볼 수 있다. 인간이 자연이라는 세계를 극복하지 못했던 당시의 세계 형식이라는 뜻에서 그렇다는 얘기다. 여기서 우리는 기본적으로 왜 시를 비롯한 문학 일반에 대한 정의가 '인간의 가치 있는 체험을 언어로 형상화'하는 것인지를 이해할 수 있는 단서를 얻게 된다. 중요한 것은 과연 '형상화'다. 즉 인간은 가치 있다고 보는 예술적 대상을 언어로 표현하는 데 있어 관념적인 내용을 언어로 '구체화(figuration)'한다. 가령, 시인은 '죽음'이라는 현상을 "여기저기 떨어지는 잎처럼"(월명사, 「제망매가」) 비근한 사실을 들어 관념을 보다 핍진하게 표현하고 있음을 볼 수 있다.

그런데 잘 보면 알겠지만 이런 표현 방법은 어떤 것을 직접

발화하지 않고 에둘러서 말하는 간접화법의 일종임을 알 수 있다. 여기서 우리는 다시 에둘러서 말하는 그 대상이 하나의 비유적 사실로서 자연물이자 객체라는 사실을 확인할 수 있다. 일반화시켜 보면 왜 시의 핵심이 전통적으로 '운율'과 더불어 '이미지(image)'가 될 수밖에 없었는지를 이해할 수 있다. 이미지는 이미타리(imitari), 즉 모방에서 나온 말이다. 쉽게 말해, 시는 모방의 대상인 이 자연이 곧 운명이자 신으로 모든 것은 거기서 나왔음을 환기시키고 재현해 내는 고대적 형식이자 이데올로기 장치로 기능했다는 얘기다. 과연 고대적 예술관을 대변하는 아리스토텔레스(『시학』)는 '예술은 자연의 모방(Art is an imitation of nature)'이라고 했다. 이때의 '자연'은 하나의 고정 불변의 명사로서 형이상학적 존재근거인 신적 대상이라고 봐야 할 것이다. 따라서 시인이 시를 쓰기 위해서는 이 자연과 하나가 되기 위해 영감을 받아야 하고 신이 들려야 하고, 창조적으로 자신을 텅 비우고 미치지 않고서는 시가 쓰여 질 수 없다는 세계인식, 이게 바로 고대 예술관의 핵심이라고 볼 수 있다. 실제로 그리스의 모든 서사시들은 "노래하소서, 무사여신이여!"로 시작한다. 아닌 게 아니라 자신보다는 사회가, 인간보다는 자연(신)이 절대적인 영향을 미치던 시대였다. 운율과 이미지를 중심으로 하는 '동일성의 시학'이 논해지는 근거이자 시가 당대의 교양인의 언어적 장식품으로 시적 감정 절제를 핵심으로 하는 이유다.

그러나 부족을 집단으로 하던 고대국가가 해체되고 이 고대국가를 떠받치던 농촌사회가 와해되고 사회가 점차 도시화, 개인화되면서 집단적 동질성을 담보하는 운율 또한 사라지게 되었다. 그러니 이제 시에는 이미지만이 남게 되었다. 그나마 소쉬르–소쉬르, 그는 '언어가 하나의 형태이지 실체가 아니다(language is a form not a substance)'라고 하였다. 이는 언어라는 게 신적 권위를 지닌 두려운 대상이 아니라 아이들이 가지고 노는 블록처럼 내 마음대로, 자의적으로 부려 쓸 수 있는 하나의 유희물이 될 수 있음을 암시한다. 여기에 바로 인간 이성의 능력으로 자연을 제압했다는 부르주아적 오만(hubris)이 자리한다고 볼 수 있다– 이후, 언어가 하나의 놀이라는 인식이 더해지면서 이미지의 힘도 그만큼 약화된 것도 사실이다. 어찌되었든 우리가 어떤 시를 쓴다고 할 때, '감정의 절제'라는 오랜 전통을 지닌 교양의 형식에서 벗어나기는 쉬운 일이 아니다. 문학이라는 형식도 일종의 제도로서 하나의 규범이자 형식으로 현실을 강제하기 때문이다. 그러나 루카치(『소설의 이론』)의 말대로, 당위는 삶을 말살한다(The 'should be' kills life).

위대한 '똥'의 발견과 근대 넘어서기

객체가 주체를 압도하던 시절, 시가 감정을 이미지라는 절제된 언어로 노래하던 오래된 형식에서 벗어나지 못했다는 것은 그만큼 시인이 그 스스로 주인이 되지 못했다는 것을 암시한다. 그러나 근대에 이르러 서서히 인간이 이성의 능력으로 자연이라는 객체를 대상화, 개념화, 범주화시켜 하나의 왜소한 대상으로 대하기 시작하면서 인간은 서서히 객체의, 노예의 사슬에서 벗어나 주체를, 자아를 찾기 시작하였다.

나는 얼굴에 분칠을 하고
삼단 같은 머리를 땋아 내린 사나이

초립에 쾌자를 걸친 조라치들이
날나리를 부는 저녁이면
다홍치마를 두르고 나는 향단이가 된다
이리하여 장터 어느 넓은 마당을 빌어
램프불을 돋운 포장 속에선
내 남성(男聲)이 십분 굴욕된다

- 노천명, 「남사당」

여기서, 시적 화자, 즉 서정적 개인은 스스로를 인식의 거리 저편으로 내던지고 있다. 즉, 자신이 단순하게 남사당패로 떠도는 일원에서 벗어나 남자임에도 향단이를 연기해야 하는 스스로를 객관적으로 바라봄으로써 서정적 분화, 내면적 균열을 일으키고 있다. 이는 참으로 중요한 인식이다. 왜냐하면 자신이 어떤 상황에 처해 있는지를 의식적으로 자각함으로써 물적 상황에 매몰되지 않고 자신을 적극적으로 인식할 수 있는 소외의 계기를 만들 수 있기 때문이다. 물적 현실이 압도하는 현실에서 자신을 되찾게 하는 근대 서정시의 내면적 힘이 지닌 비밀이 바로 여기에 있다.

그러나 아직은 나약하고 무기력하다. 외적으로 물적 현실이 압도하는 세계에서 이에 매몰되지 않고 그 물적 현실에 대한 객화된 인식을 통해 그 외적인 대상 현실을 외화시키는 가운데 어느 정도 자신을 회복할 수 있는 계기를 가질 수 있지만, 근대 서정시는 그 본래적 의미에 있어서 '개인적 자아'의 세계에서 완전히 벗어나지 못한 양식이다. 서정시의 화자가 끝내 '체념'과 '순응'이라는 나르시스적 자기 우물에 빠지고 마는 이유가 여기에 있다. 대상을 인식의 끈으로 더욱 확실하게 묶고, 이를 통해 행동화의 계기를 만들어 내기에 서정의 나사는 조이지 않은 구조물처럼 매우 허약하다.

이에 내적, 개인적 자아에서 벗어나 외적, '사회적 자아'로의

적극적 이행이 필요하다. '굴욕'된 나로부터 벗어나 나를 확장하기…… 그것은 객관적 사실에 대한 '있다'의, 묘사의, 닫힌 공간의 세계인식이라는 소극적 인식이 아니라 그 객관적 사실을 적극적으로 인식하고 '판단'하는 정신활동, 즉 그것은 바로 그 객관적 사실에 대한 주관적 평가로서의 '이다'의, 서술의, 열린 지평의 세계인식이다. 사회적 자아로서의 자기 확장 행위는 대상을 올바로 묘사하고 비교하고 평가하는 비평 활동이 있고서야 가능하다. 어떤 사람이나 일이 공정한지 아닌지, 시비를 가리고, 미추를 따지는 주의 깊은 심미적, 비판적 태도는 인간 형성의 기본 요소이기 때문이다.

자, 그렇다면 이제 시인의 세계로 미끄러져 들어가 보자.

시인은 우리가 흔히 '배설물'이라는 이 시대의 금기어 '똥'을 가리켜 뭐라고 하는가. 그도 처음에는 똥을 '산수유 꽃 안료'(「그것」)라고 암시하고, 섹스 장면을 '거친 파도 소리'(「이명의 기원」)'로 공감각화하고, 앵두알을 '빠알간 카메라'(「도촬」)로 능숙하게 대치시키는 등 그 역시 전통적인 절제의 형식에 충실한 태도를 드러내고 있음을 확인할 수 있다.

그러나 언제부터인가. 그는 이런 전통적인 언어의 지배적 형식을 겨울 외투 벗어던지듯이 과감히 내던지고 있다. 다시 말해 그가 이제부터 구사하는 시어는 단순한 형상화의 단계를 지나 '빵꾸똥꾸'처럼 공식사회에서 추방된 비주류의, 비공식의 언어를 자주 사용하고 있다. 뿐만 아니라 이런 언어적 취향, 태도가 그에게는 매우 자연스럽다. 그 대표적인 것이 '똥' 타령이다. 미리 말하지만 그는 가히 '똥 시인'이라 불리기에 손색이 없다. '똥'이라는 토포스(topos), 주제는 이미 그의 첫 시집, 『내 몸의 봄』에 보이기 시작한다.

충남 보령군 천북면 학성리
바다가 빤히 내다뵈는 학성초등학교

변소간에 쭈구리고 앉아 똥을 누는데
이상하게 똥 냄새가 안 올라왔다
왜 그런가 곰곰 생각해 보니
면 소재지 큰 학교로 이사간 애들 따라
똥이란 놈들도 그만
죄다 이사를 가 버린 거였다

–「폐교장 1」

이 작품을 논하기 전에, 우리는 이 시가 실린 시집의 제목, 『내 몸의 봄』에 주목할 필요가 있다. 잘 알다시피, 이성을 지배적 가치로 하는 근대 부르주아 사회는 엥겔스의 말대로, "사유하는 이성이 모든 존재의 유일한 척도였"던 시대였다. 곧 이성만능의 시대에 '몸'은 이성과 거리가 먼 다른 것, 타자에 불과하였다. 순수한 '나'가 온전히 기능하는 사회에서 '타자'는 위험한 대상이다. 이렇게 해서 타자로 주변화 된 것은 비단 몸만이 아니다.

한때 푸코에 푹 빠져 지낸 적이 있다. 프랑스 철학의 아이콘, 문화적 상징으로서 롤랑 바르트와 지적 라이벌이었던 그. 전철을 타고 가다 몇 정거장이 지났는지 몰랐을 정도로 지적 탐닉을 안겨 준 그. 『담론의 질서』와 『말과 사물』의 메시지는 지금도 여전히 나의 지적 암반층을 떠받치면서 은칼처럼 빛을 발하고 있다. 『담론의 질서』는 얼마나 매혹적인가. 담론이 홍수처럼 넘치는 시대, 부유하는 담론과 지식을 제대로 분별하기 위해 필요한 금과옥조 같은 명제들이 금맥처럼 박혀 있는 광석과도 같은 책. 『말과 사물』은 또 어떤가. 말로 구축된 세계의 실상과 허상을 담은 이 책을 사기 위해 수많은 프랑스의 자존심, 파리지엥들이 바케트집 앞에 장사진처럼 줄을 섰다는 얘기는 지금도 날 흥분시킨다.

현대 마르크스주의에서는 언어와 정신분석, 담론에 많은 관심을 쏟아붓고 있다. 그 이유는 (무)의식을 형성하는 데 있어서 언어의 역할이 그만큼 중요하다는 점을 인식하기 때문이고, 그러한 (무)의식이야말로 해방을 앞당기는 최초의 단서가 될 수 있음을 잘 알고 있기 때문이다. 즉 해방된 의식 없이는 진정한 해방도 있을 수 없다. 담론이론은 바로 이 문제를 집중해서 다루는 일종의 마르크스주의 언어학이다. 소쉬르(『일반언어학강의』)가 부르주아의 관념적 언어학을 대표하는 언어학자라면, 바흐친(『마르크스주의와 언어철학』)은 마르크스주의 유물적 언어학을 대표하는 언어학자다. 푸코는 어느 지점일까. 다음 글을 보자.

배제의 외부적인 과정들; 금지, 분할과 배척, 진위의 대립

어느 사회에서든 담론의 생산을 통제하고, 선별하고, 조직화하고, 나아가 재분배하는 일련의 과정들−담론의 힘들과 위험들을 추방하고, 담론의 우연한 사건을 지배하고, 담론의 무거운, 위험한 물질성을 피해 가는 역할을 하는 과정들−이 존재한다.

*오늘 조간을 보니, 러시아의 푸틴 정적(Putin critic)이 피살되었다는 소식이다.

배제의 내부적인 과정들; 주석, 저자, 과목들

요컨대 우리는 사회에서 담론들 사이에 매우 규칙적인 일종의 차등화가 존재한다고 생각할 수 있다.

* 나는 갑자기 '지덕체'가 떠오르고, 조선시대 '사문난적'이 떠오른다.

이런 담론들에 대한 규칙들은 그의 인식론을 이해하는 기본 인식소(episteme)다. 흔히 '지배담론(dominant discourse)'이라고 하는 담론에 대한 이런 이론적 지줏대를 바탕으로 그는 코페르니쿠스적 인식의 전환을 시도하는데, 그게 바로 지금도 유효한 방법상의 원리들이다.

방법상의 원리들; 전복, 불연속, 특이성, 외재성

주체와 시간의 철학의 바깥에서, 불연속적인 체계성들의 이론을 만들어 내야 한다.

* 아직도 춘향이를 정절의 전형으로 보고 있는 우리의 현실을 생각해 보자.

여기서 '주체'와 '시간'은 서양 근대철학을 가로지르는 주체

철학, 이성철학에 대한 역사적 인식을 대변하는 말이다. 중요한 것은 이런 서양 근대 철학의 바깥에서 불연속적인 체계의 이론을 만들었다고 하는 말은 그가 왜 근대철학(이성)을 비판한 탈근대(감성) 철학자인지를 잘 말해준다. 한마디로 푸코의 사유는 타자(他者, the other)의 사유를 드러낸다. 그는 동일자가 지배하는 지배철학의 경계선에서 마이너에 대한 관심을 통해 권력의 외부를 사유하게 한다.

> 남자 / 여자, 강자 / 약자, 이성애자 / 동성애자, 내국인 / 재외국인, 백인 / 유색인, 정상인 / 광인……

그의 사유가 무엇을 지향하는지 잘 보여 주는 계열 코드의 핵심 개념들이다. 우리가 주목해야 할 것은 타자의 탄생은 필연, 저자의 죽음, 즉 인간의 죽음, 주체의 죽음을 동반하게 된다는 것이다. 잘 알다시피, 데카르트가 인간은 생각하는 이성적, 근대적, 주체적 존재임을 선언한 이후, 니체가 '신은 죽었다'고 망치를 내려침으로써 비로소 고중세를 떠받치는 신전과 성전의 신념체계는 무너졌다. 그런데 그 무너진 신념체계를 대신한 것은 아이러니하게도 그 신념체계를 무너뜨린 인간이성, 주체였다. 당연한 것인가. 그러나 탈근대 철학자 푸코에서 볼 수 있듯이, 인간 이성은 모든 것을 객체화, 주변화, 타자화시키고 마는 '나'의 형이상학이었다. 이에 고대의 신념체계를 형식화한 것이 집단 서사시였다면, 근대의 신념체계를 형식화한 것은 개인 서정시였다.

자, 그렇다면 여기서 우리는 '똥'을 주제로 하고 있는, 집단 서사시도 아니고 개인 서정시도 아니고, 일종의 '사물시'라고 할 수 있을 이런 시가 갖는 위상이 오늘 우리가 처한 현실, 즉 인간 이성의 오작동으로 인한 총체적 위기 현실에서 어떤 의의가 있는가 생각해 보지 않을 수 없다. 이런 관점에서 볼 때, '똥이란 놈'이란 표현에서 볼 수 있는 비속한 사물에 대한 신화적 의인화–여기서 '놈'은 결코 비하가 아니다. 비속어의 이중성을 고려해볼 때 이는 오히려 친근한 표현에 가깝다–는 매우 중요하다. 바로 여기에 근대를, 인간을, 주체를 넘어선 탈근대의, 사물의, 타자에의 길이 예비되어 있기 때문이다.

이번 시집에서는 똥이 아예 전면화되어 있다. 똥을 주제로 하는 작품만 꼽아보아도 「뒤를 본다는 것은」, 「뒷간의 명상」, 「호모 크리넥스」, 「그것」, 「거룩한 인사법」, 「아름다운 발견」, 「도촬」 등 온통 그야말로 똥 천지다. 똥에 시마가 들러붙었나 뮤즈여신이 강림하셨나…… 그는 왜 이렇게 똥에 매달리는 것인가.

그래 조금은 미안한 마음으로 뒷간을 나오는데, 한 순간 아 시를 쓰려면 바로 이처럼 써야 된다는 생각이 뒤통수를 팍 치는 것이었다. 애꿎은 사람들 머리 쥐나게 하는 그런 시 말고, 제 똥이 어딜 가는지도 모르는 사이에 한 판 시원하게 읽어 내릴 수 있는, 그런 시를 싸야 되지 않겠는가 하는 생각이 번쩍 드는 것이었다.

-「뒷간의 명상」 부분

여기서 나의 시선을 사로잡은 것은 '시를 싸야'한다는 특이한 명제다. 시는 쓰는 것이 아니라 싸는 것이다. '시를 싼다'는 말은 처음이다. 그럼에도 불구하고 여기서 이 명제가 자연스럽게 다가오는 것은 그에게 있는 시는 똥이라는 인식이 관통하기 때문이다. 이는 곧 그에게 있어 똥은 다만 똥이 아니라 '시관(詩觀)'의 문제라는 것을 보여 준다.

그가 똥을 주제로 하고 있는 이유는 추정 가능하다. 그는 프로필에서 "소를 키우는 형네와 한집에 살며, 가끔씩 소똥을 치우기도 한다."라고 했다. 이런 사실은 똥은 그의 삶이자 일상임을 암시한다. 그러나 이것은 시 이전의 문제다. 우리가 그를 생활인이 아닌 시인으로 보는 이유 중의 하나는 그에게 똥이라는 것이 하나의 토포스, 시적 주제를 형성하고 하나의 '가치 있는 체험'이 되고 있기 때문이다.

물속에 가만히 웅크리고 들어앉은

나를,

물끄러미 바라보다 생각하노니

똥을 눈다거나 싼다는 말보다

뒤를 본다는 말은

얼마나 철학적이고 고상한가

-「뒤를 본다는 말」 부분

"하나의 고래가 어류가 될 것인가 포유류가 될 것인가는 문맥에 달려 있다"(움베르토 에코, 『기호학이론』). 여기서 똥은 철학적 사유의 시적 대상일 뿐이지 그냥 똥이 아니다. 똥은 벌써 사유의 씨앗을 품고 있고 시적 태아를 잉태하고 있다. '똥을 눈다거나 싼다'는 일차적인 사태는 '뒤를 본다'는 이차적인 언어로 이행, 자신의 행위를 객화시킴으로써 가치 있는 체험이 되고 있다. 바로 여기서 그는 자신의 무의식적, 본능적 배설 행위라는 '이드(id)'를 바라보는 또 다른 '자아(ego)'로써 자신을 새롭게 설정하고 있다. 그럼으로써 그는 지배적 관행과 통념에 망치를 내려치면서 '철학적 균열(philosophical rift)'을 일으키고 있다. 그리하여 똥 철학이 탄생하려는 지점에 우리는 「호모 크리넥스」를 만나게 된다. 우리는 그와 함께 인간은 호모 사피엔스가 아니가 "사람만이 화장지로 똥꼬를 닦"(「아름다운 발견」)는다는 특수명제에 도달한다. 그리고 드디어 똥은 그에게 시적 사유를 넘어 철학이 되었다.

그것은
아흔한 살 엄마 방
장판지 틈새에
납작
엎드려 있었다

어느 때는
소 발톱처럼 딱딱한
손톱 사이에도 끼었다가
당신 방 벽화의
산수유 꽃 안료가 되었다

어느 날 문득
갓난아기로 돌아간
우리 엄마
그것과 도로 가까워졌다

오랜 경계가 사라졌다

―「그것」 전문

눈치 빠른 식자들은 이미 알아챘겠지만 시인은 바로 여기에 덫을 놓았다. 그만큼 중요하기 때문일 것이다. 우선 그것은 공기처럼 중요하기 때문에 잘 드러나지 않는다. 그러나 그것은 장판지 틈새에도 있고, 손톱 사이에도 있고, 노모가 있는 방의 벽화로, 화려한 산수유 꽃 안료로, 꽃칠이 되기도 하고, 우리 엄마로, 그 자신으로 변신하기도 하다. 그것은 곧 만물에 편재해 있다. 그러니 그것은 얼마나 위대한 것인가. 만물을 주재하는 것이니…… 독자여 알겠는가. 그것은 바로 '위대한' 똥이 아니고 무엇인가.

시인은 이 말이 금기어라 숨겨 놓을 줄도 알았다. 그러나 더 중요한 것은 똥은 금기어라, "노골적으로 감정을 드러내지 마세요"(발작,『고리오 영감』)라는 부르주아적 언어 예법에 어긋나서가 아니라 똥은 무엇보다 무어라 말하기 어려운 대상이기에 '그것'이라고 시인은 말하고 싶었으리라 본다. 무어라 말하기 어려운 대상으로서의 똥, 그것은 곧 똥이 본질(it)을 가리키고 있음을 지시한다. '경계'가 그것을 증명하고 있다. 경계는 근대의 표지다. 나와 너를 가르고 분류하고, 범주화하고, 그래서 가두고, 죽이고…… 그렇다. 들뢰즈/ 가타리의 말(『천 개의 고원』)대로 린네적 분류의 표지, '이다'는 죽음이지 않은가. 바로 여기서 우리는 왜 류지남 시인의 똥이 결코 똥이 아니라 그에게 있어서는 시관이 되고, 인류학 교과서가 되고, 철학 교재가 될 수 있는지 황홀한 시적 사유를 마주한다.

그는 또 왜 '등'을 주목하는가

똥과 더불어 그는 '등'을 주요 시적 소재로 삼고 있다. 아름다운 동화를 연상케 하는 다음 시를 보자.

해 저무는 줄 모르고
동무들과 뛰어놀다

지청구 걱정하며
터벅터벅 집 오는 길

어둑어둑 하늘가로
저녁 연기 피어날 때

먼 곳으로 시집가신

누나 얼굴 생각나네

달 같던 우리 누나
소 같던 우리 누나

막내둥이 업어 키운
등이 슬픈 우리 누나

-「누나 생각」 전문

여기서 '등'은 일차적으로 나를 엎어 키운 누나의 '신체의 일부'를 지칭하는 디노테이션(dinotation)이다. 그러나 등은 다시 우리에게 먹먹한 분위기를 연상하게 하는 시어로 기능한다. 등이 시적 화자에게 먹먹한 '슬픔'의 정서를 안기는 것은 화자에게 달 같고, 소 같던 누나가 없기 때문이다. 다시 말해 여기서 등은 소중한 존재의 부재에 따른 '쓸쓸함과 덧없음'의 코노테이션이다. 등을 소재로 한 시는 이 외에도 「등」, 「등짝에 대하여」, 「등의 내력」, 「쉬, 소리를 돌려드리다」, 「사랑은 오토바이를 타고 온다」, 「유모차가 있는 풍경」, 「자음의 힘」, 「달궁 마을에 가다」 등 똥과 대등한 짝을 이루며 이 시집을 떠받치고 있다.

등……

왜 그는 이렇게 등에 대해 천착(穿鑿)하고 있는 것일까. 그러고 보니, 시인은 똥이든, 등이든, 그 무엇이든 일상의 소재를 주요 시적 소재로 하고 있음을 볼 수 있다. 푸코를 통해 볼 수 있었듯이, 일상의 소소한 것들…… 예전에는 이성, 역사, 인간 등 근대의 거대 서사에 가려 크게 주목받지 못하던 것들이다. 그러나 그가 이렇게 자잘하고 소소한 미시적 일상사에 유다른 관심을 갖고 있는 것은 무얼 말하는 것일까. 우리의 삶을 좌지우지하는 경제적이고 정치적인 의미를 지닌 이데올로기는, 우리의 미래는, 아니 인간의 꿈은 파기해도 좋다는 것인가. 그러나 그가 그동안 각종 친목회장과 몇 차례의 전교조 지회장을 비롯, 충남교사문학회, 대전충남민족문학작가회의 등 시대와 역사의 모순에 책임을 진 단체에 등을 돌리지 않고 살아 왔음은 문학 선배에 의해 잘 밝혀져 있다(강병철,「풀잎 밥그릇에 담긴 푸른 희망」,『내 몸의 봄』)

이런 사정과 관련하여 그가 이렇게 거창한 담론보다는 소소한 일상에서 벌어지는 작은 일들에 관심과 애정을 갖고 있다는 것은 시 본연의, 아니 예술 본연의 임무에 그가 매우 충실하게 대응하고 있는 예술인임을 짐작케 한다. 그렇다면 여기서 '예술의 본연의 일'이란 무엇인가. 예술가란 존재는 기존의 사물과 인간의 관계를 전복적으로 사고하는 이들이다. 그래서 예술가란 시인의 '똥' 담론에서 본 것처럼 '아름답다'는 것의 지평을 확대하고—보들레르의 '악의 꽃'처럼 추악한 미도 있지 아니한가. 아니 오히려 그것이 더욱 죄악으로 가득 찬 신자본주의 사회의 '마적(devilish)' 진실을 더욱 잘 얘기하고 있지 아니한가—그것을 발견하는 놀라운 눈과 마음을 안기는 이들이다. 이런 그들에게 일상이 그냥 그렇게 보일 리 만무하다. 즉 관행과 통념이라는 두터운 벽을 깨는 것은, 그래서 예술가의 고유한 일에 속한다. 자, 그렇다면 '등'은 어떤가.

'등'을 사전에서 찾아보면, 등은 '사람이나 동물의 뒤쪽이나 위로 향한 쪽, 곧 가슴이나 배의 반대쪽'을 가리킨다. 등, 등은 생의 이면이다. 등은 타자다. 등은 뒷모습, 저쪽의 세계를 가리키는 코노테이션이다. 아니나 다를까…… 등은 그에게 '생의 가장 깊고 어두운 곳'(「등」)이다. 그래서 그럴 것이다. 한때 멋도 모르고 "수업 중에 딴전 피우거나/ 책상에 엎어진 녀석들에게/ 슬글슬금 다가가/ 등에 불이 나도록/ 냅새 후려 팬" 적 있는 그는 이제 "아이들의 날갯죽지 함부로 후려 꺽지 않"(「등짝에 대하여」)겠다고 다짐을 놓는다. 왜냐하면 이 등으로 하여, 어머니의 오랜 들일과 둘째누나의 오랜 가난과 "참 오랜 세월 칠흑 같이 어둡고", "언덕처럼 굽은 당신의 등"(「등의 내력」, 「쉬, 소리를 돌려드리다」)으로 인해 내가 비로소 여기 있음을 알게 되었기 때문이다. 그리하여 그에게 등은 또한 '똥'처럼 시적 사유의 위대한 대상이 되기에 이른다.

세상에서 가장 배우기 쉽고 아름답다는
한글의 자음과 모음을 배우는 시간,
모음은, 마치 홀몸으로도 잘 사는 엄마처럼
혼자서도 소리가 잘 나서, '홀소리'라 하고,
자음은, 엄마 없으면 못사는 어린애 같아
혼자선 소리를 못 내고 어미 소리에 닿아야만
소리를 낼 수 있기에, '닿소리'라 한단다
목청 한껏 돋우며, 신나게 설명을 해 대는데
어느 곁엔가 슬쩍 고개 돌리는 아이가 보였다
얼마 전, 급작스레 엄마를 여읜 아이였다
미닫이문을 닫으며 교실을 나서는, 참
생각 없는 국어 선생의 등줄기가 서늘했다
며칠 동안 아이 얼굴과 자음이 겹쳐 밟혔다
꽃, 별, 산들바람, 엄마, 사랑, 소나기, 메밀꽃
이런 말들이 왜 아름다운지
물, 불, 풀의 차이는 어디에서 오는가
어느 순간, 머릿속에 반짝 별이 떴다
그래, 저 말들이 빛나는 건 모음 때문이 아니라

그 앞에 가만히 소리 없이 웅크리고 있던,
자음들 때문이었구나, 이와 입천장에 부딪혀
여기저기 상처난 소리들 때문이었구나
ㄲ, ㅊ/ ㅂ, ㄹ/ ㄱ, ㅁ/ ㅎ, ㄴ
이런 소리들이 서로를 밀고 끌어가는 동안
꽃이 피고, 바람이 불고, 강물이 흘렀구나
내 다음 시간엔 교실 문 다시 열고 들어가
자음의 아름다운 힘에 대해 말해 주리라
혼자서는 제 소리 내지 못하고 주눅 든,
조금 모자란 듯한 것들이 모여 살아가며
서로를 부추키는 세상의 아름다움에 대하여,
작고 못나고 여린 것들의 힘에 대하여

-「자음의 힘」 전문

이 어줍은 평론가가 보기에 이 시는 참 놀랍기 그지없다. 방법론적으로 볼 때, 근대적 사고의 핵심은 '단절'이고 '결절'이다. 나는 어디까지나 그 무엇과 대체할 수 없는 나라는 고정불변의 형이상학, 이게 바로 근대의 그 잘난 우리 근대인의 가슴 속을 '졸졸졸' 흐르고 있는 개인주의 신화, 부르주아의 망탈리테(mentalite)다. 즉 나는 너와 다르지 않고 너 또한 나와 크게 다르지 않다는 '사회적 매개'와 '정서적 연대'의 끈은 근대인에게 이항대립의 쌍을 이루는 양립 불가능한(incompatible) 대립쌍으로 다만 타자에 불과할 뿐이다. 그러나 여기, 시인의 걸작,「자음의 힘」을 보자. 그러면 여기서 우리는 근대가 놓치고 있는 새로운 이념 지평이 시작되고 있음을 보게 된다. 그는 전공을 살려 그 나름 열심히 모음(母音)과 자음(子音)을 설명한다. 그리하여 신나게 설명하고 있는'데' – 이 '–데'가 중요하다. 화제의 전환과 새로운 관심을 환기시키기 때문이다. 여기서 우리는 화자의 시선이 단성적인 근대적 시선이 아니라 다성적인 탈근대적 시선에 가 닿을 수 있는 단초를 볼 수 있다-한 아이의 시선과 '우연히' 마주친다. 여기서 우연히-우연은 필연이 아니다. 필연은 죽음이다. 왜냐면 필연은 직선이고, 따라서, 예외가 없는 무자비한 근대의 지배적 가치이기 때문이다. 나도 한때 수업에 방해가 되는 학생을 무자비하게 두드려 팬 아픈 기억이 있다. 그 생각만 하면 지금도 꼭 술을 먹고 괴로워해야 겨우 치유된다–화자의 설명과 "급작스레 엄마를 여읜" 아이의 현실이 겹친다. "자음은, 엄마 없으면 못사는 어린애 같아/ 혼자선 소리를 못 내고 어미 소리에 닿아야만/ 소리를 낼 수 있기에, '닿소리'라 한단다" 이게 근대인의 시선으로 보면 소와 닭의 관계처럼 멀게 보일지 모르지만, 탈근대적인 타자성의 관점에서 보면 결코 남의 얘기가 아니다. 그리하여 "미닫이를 닫으며 교실을 나서는, 참/ 생각 없는 국어 선생의 등줄기가 서늘했다." 왜 그랬을까. 그의 상처를 건드린 것에 정서의 끈이, 연대의 아픔이 가 닿았기 때문이다. 너도 아프냐? 나도 아프다는…… 그리하여 여기 "등줄기가 서늘했다"는 것은 앞보다는 뒤를 염려하는 화자의, 아니 시인의 타자 지향성을 엿보기에 충분한 시어다. 그리하여 며칠간 둘의 관계 설정에 고민이 뒤따르다가 드디어 시인, 그 자신은 잘 아는지 모르는지 다음과 같은 놀라운 메시지를 우리에게 전하고 있다. '명작은 무의식 중에 쓰여진다'는 한 사례를 나는 여기서 목격한다.

> 그래, 저 말들이 빛나는 건 모음 때문이 아니라
> 그 앞에 가만히 소리 없이 웅크리고 있던,
> 자음들 때문이었구나, 이와 입천장에 부딪혀
> 여기저기 상처난 소리들 때문이었구나
>
> —「자음의 힘」 부분

라는 도저(到底)한 시적 경개에 도달하고 있다. 자음에서 결핍을 발견하고, 이 결핍이 오히려 새로운 의미의 차이를 낳고, 나아가 이 제 소리를 내지 못하는 차이가 서로를 비춰 빛을 낸다는, 즉 '아무 것도 아닌 못난 것들이 모이고 모여 서로를 부추겨 사는 힘이 될 수 있다'는 놀라운 명제를 그는 눈물겹도록 아름답게 전하게 있다. 아, 이름다운 것은 왜 이리 슬프고 눈

물겨운 것인가……

카니발적 풍요와 탈근대의 미학적 성취

이 외에도 류지남의 시는 독자에게 카니발적 풍요로움을 선사한다. 그의 시에서 기교를 찾아보기 어려운 것은 이 때문일 것이다. 그의 시어는 있는 그대로의 예스러운 아름다움을 펼쳐 놓는다. 그런 그의 시세계에서는 "이눔아 저눔아," 하는 상대질도 "황홀한 욕"(「봄 장날」)이 되어 들려오고, 깊은 어둠이 깃들어 있는 "진지 잡수셨슈우-"(「거룩한 인사법」) 하는 인사법도 모닥불처럼 따뜻했던 날들로 회상되며, 똥을 누다가 뒤를 돌아보는 저속한 일도 고상하고 철학적인 일이 되는 것이다, 또한 제 몸에 겨웠던 봄도 이젠 멧돼지 같은 건강한 봄으로 육화되며 살아오고 있다.

이뿐이 아니다. 풍요로웠던 기억은 지금도 옛날식 종소리를 그리워하며 "푸른" 기억(「아날로그 종소리」)을 떠올려보는 그의 시에는 어딘지 모르게 이조백자 같은 담백한 아름다움이 배어난다. 이런 풍성하고 아름다운 그의 시세계는 김장하는 축제분위기에서 그 절정을 이룬다('한 여자가 취한 사연') 검은 숯덩이 같은 사연들을 감추고 만난 친구들은 바보들 같아서 좋다. 그런 풍요롭고 즐거운 가운데서 그도 둘씨네아 공주를 품은 행복한 돈키호테처럼 덩달아서 홍이 차오른다.

이처럼 류지남의 시에 카니발적 풍요와 대중적 활기가 넘치고 있는 것은 그가 규범과 공식의 세계를 비웃을 줄 아는 '일탈의 리얼리즘'을 보여 주기 때문이다. 규범과 공식은 엄숙하고 무거운 중세와 근대의 지배 담론과 함께 한다. 이런 규범과 공식의 세계는 표준어의, 단일어의 세계 질서다. 그러나 그의 시어에는 방언과 욕설이 오가고 '똥'같이 모호하고 풍요한 비속어가 배치되어 있다. 그럼에도 불구하고 우리가 그의 시 세계에서 낯설음을 느끼지 않는 진정한 이유는 무엇일까.

무엇보다 류 시인의 언어가 울림을 주고 있는 이유는 규범과 공식 세계를 탈은폐시키는 데서 맛보는 해방의 즐거움 때문이다. 규범과 공식의 세계는 황홀한 욕을 가리고, 언어 속에 감춰진 진실을 숨기고, 숯덩이 같은 사연들을 덮는다. 그러나 "황홀한 욕"과 일상어, 그리고 숯덩이 같은 사연들은 삶의 진실을 까발린다. 이렇게 류 시인은 리얼한 현실의 실상을 창조적으로 재현시킴으로써 대중적 삶을 건강하게 복원시켜 놓았다. 그의 시에서는 근대 세계에서 소외되고 버림받은 인간과 사물들이 복권되고, 새롭게 호명되는 욕망의 잔치가 펼

쳐져 있다. 바로 이런 의미에서 우리는 행복하게도 소수집단, 타자에게로 향하는, 다시 말해 인간해방에 기여하는 시의 힘과 비밀을 확인하는 즐거움을 누린다. 류지남, 그는 '똥'과 '등', 특히 '자음의 힘' 등을 통해 그 특유의 카니발적 풍요로움으로 근대 이래, 여타의 시인들이 다루기를 기피했던 '타자(성)(otherness)'를 발견함으로서 한국 현대시의 영역을 확장하는 데 기여하고 있으며 그 윤리적 정당성도 확보하는 데 일정 정도 성공하고 있다.

그러나, 아직 갈 길은 멀다. 칠흑의 밤이다. 이제 시작이다.